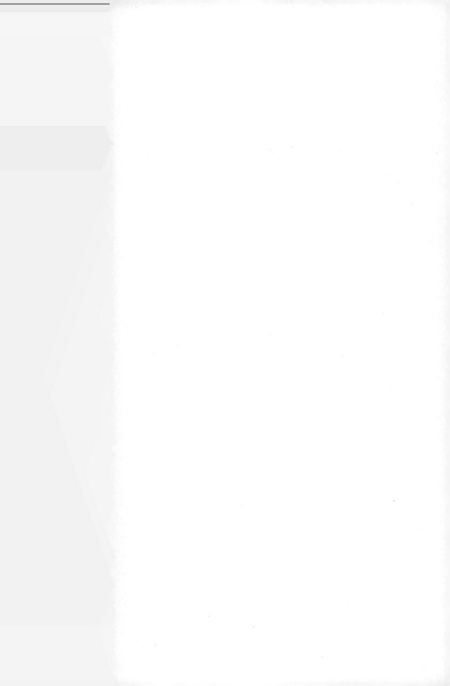

俳句とエッセー　早寝早起き

目次

飯蛸と伊予柑

寒晴れが捻ったみたいあの入り江

寒晴れの貝工房の窓小窓

山眠る老人たちはすぐこける

雪になる人参抱いて戻るとき

人参のある日なぜだか誰も来ん

友だちはいない人参だけはある

寒晴れは正宗白鳥的日常

地魚を煮るのは男雪になる

心中がいいなほらほら磯巾着

カバはバカバカバカカバちゃん水ぬるむ

永遠が瞬間になるツボスミレ

瞬間が永遠になるツボスミレ

永遠と瞬間ひらひら蝶二頭

弟よ鰭一本提げて来い

弟のかけた巣箱の屋根がない

兄弟は本来疎遠雲は春

雲は春錨の模型卓上に
牡丹雪イソギンチャクになる二人

ころがって林檎になって春の風邪

恋人も飯蛸が好き雲一つ

一片の白雲あって飯蛸も

伊予柑を半分食べて仙台へ

仙台と寝たい伊予柑食べてから
射精して伊予柑食べて雪降って

伊予柑が写生している伊予柑を

エッセーⅠ

軽井沢する

「五月の朝の新緑と薫風は私の生活を貴族にする。」

これは詩人の萩原朔太郎の言葉である。詩集『月に吠《ほ》える』の「雲雀《ひばり》料理」という章の前書きに出ている。詩人は「したたる空色の窓の下で、私の愛する女と共に純銀のふおうくを動かしたい」と続けている。純銀のフォークで食べるのは、「空に光る、雲雀料理の愛の皿」だ。

俳人の私も五月の朝には貴族に少し近づく。

五月の上天気の朝、私はヒヤマさんと庭の白いテーブルをはさんで向かい合う。椅子《いす》も白い。卓上にはパン、牛乳、サラダ、イチゴなど。ありきたりな朝食のメニューだが、見上げると、カエデの枝の上に真っ青な空が広がっている。

今、カエデの枝と書いたが、実はそのカエデは鉢植え。大きな盆栽みたいなものだ。そのカエデの鉢をブロックを積んだ台の上にのせている。だから、椅子にかけると、カエデが目より高くなる。芽吹いたプリペットの垣根も目より高い。垣根の外は歩道だが、そこに育っている街路樹のケヤキも、さみどりの若葉の枝を広げている。

その庭で、数年前のある朝、「軽井沢みたいだなあ」と私はつぶやいた。遊びで行ったことのある軽井沢の森の朝を連想したのだ。妻は、「そうね。新緑の中にいるもんね。」と応じた。翌朝、「今日もいい天気だよ。軽井沢しようか。」と私は妻に提案した。以来、軽井沢する、はわが家の五月の行事になった。わが家といっても、ふだんは夫婦二人だけ、つまり老夫婦が五月の朝の朝食を庭でとる、それが「軽井沢する」である。妻はテーブルと椅子を新調した。それまではぶ厚い板の台に腰をおろしていたのだが、「軽井沢する」が始まってすぐ、妻は家具屋に走って白くて軽い折り畳みのテーブルと椅子を買ってきた。軽井沢に合せたのだ。

私も妻をヒヤマさんと呼ぶことにした。妻は、私の俳句はお遊びよ、と言いながら俳句を詠んでいる。その俳句の席での名乗りが陽山道子《ひやまみちこ》である。句会などでは「ヒヤマさん」とすでに呼んでいたのだが、軽井沢の朝にはヒヤマさんと呼ぶことにしたのである。それまで、家ではオイとかお母さんと呼んでいた。文章の中では妻、カミさんであった。でも、軽井沢の朝にお母さんやカミさんは似合わない。

ちなみに、ヒヤマさんという呼び方は、五月の軽井沢の朝からはみだし、私の日常語になっている。どこでもいつでも妻をヒヤマさんと呼ぶようになったのだ。ヒヤマさんといっしょに初めての客に会うと、時々、妙な質問をうける。ヒヤマさんが席をはずしている折に、小さな声で、「あのう、ねんてんさん。どういうご関係の人ですか、ヒヤマさんは。」と問われるのである。朔太郎にならって、「もちろん、愛人ですよ。」と答えることもある。

ともあれ、「軽井沢する」という言葉が「ヒヤマさん」という呼称を登場させた。それればかりか、私がヒヤマさんと呼ぶようになってから、ヒヤマさんも私をもっぱら「ねんてんさん」と呼ぶようになった。軽井沢する朝、白いテーブルに向かい合っているのはヒヤマさんとねんてんさん。二人は高校の同級生、今年、お互いに七十五歳、いわゆる後期高齢者だ。

ついさっきホタルブクロを出た人か

揚羽来て百年前の庭になる

これらの句、軽井沢する体験が元になって出来た。庭にはホタルブクロ、ツユクサ、アジサイ、タチアオイなどが所狭しと並んでいる。ヒヤマさん丹精の花たちだ。実はわが家の庭はとても狭い。猫の額という形容にぴったりである。それで、ヒヤマさんは時折次のようにこぼす。いや、注意をする。

「ねえ、ねんてんさん。外では、軽井沢する、をあまり言わないでよ。なんとも恥ずかしいよ。」

最初の昼寝

朝ごはんのあと、私にはとても楽しい時間がある。黄金の時間、と形容してもいいだろう。あるいは、老人の特権的時間と呼んでもよい。

それは何か。

昼寝である。いや、朝寝？

朝の八時台に小一時間寝るのだ。春だと季語「朝寝」にあたるかもしれないが、すでに起きて朝ごはんをすましているので、春眠を楽しむ季語「朝寝」からはそれる。夏の季語「昼寝」にしてはちょっと早すぎる。

この小一時間の眠りは、私にとっては一日の最初の昼寝である。その後、外出して電車に乗ると車内でかならずうつらうつらと昼寝をするし、家にいる日は昼食後にやはり昼寝する。つまり、日になんどか寝ているのだ。

それにしても午前八時は早い。非常識に早い、と思われる人がいるだろうが、私は早寝早起き型、午前三時台に起きる。寝るのは午後の九時ごろ。起きたらまずコーヒーか日本茶をいれ、パソコンを起動、七時くらいまで仕事をする。早朝が私の仕事時間なのだ。で、ひと仕事終えて朝食をとり、ほっとした気分になる。すると眠くなるので、その日最初の昼寝タイムになるという次第だ。

若い日の私は一種の深夜族だった。五十歳を過ぎたころ、ある事情から次第に早寝早起き型に転じた。その事情とは犬である。

そのころ、青い目の魅力的なシベリアンハスキーを飼った。成長するにつれて、その犬は早朝に散歩をせがむようになった。まだ暗いうちに鳴くのだ。近所迷惑になるので、仕方なく散歩に連れ出した。悪いことにそれが習慣化して、雨が降ろうが風が吹こうが、夜明け前に犬が鳴く。仕方なく起き出して散歩に行く。そういう日々がやがて私の日常になった。

さらに、である。加齢も作用して、早寝早起きがさらに極端になった。大学に勤めていた六十歳台には、午前三時起きがすっかり定着した。朝、原稿書きなどの自分用の仕事をし、うつらうつらしながら出勤、ゼミなどで学生の発表が退屈だとやはりうつらうつら、そして夕方には軽く飲む。ちなみに、私のゼミの学生たちは優秀で、ねんてん先生は疲れているし、休ませてあげよう、と気遣ってくれていた。そして、年に何回かは先生の目をぱっちり開けさせる発表をしよう、を目標にしていた。

そういえば次のような俳句を作っている。

眠いなあ蟻と六十八歳と
蟻が来ている六十八歳のベッド
老人は甘いか蟻がすでに来た

句集『ヤツとオレ』（KADOKAWA）にある句だが、実際に私の枕元へアリが列をなしてやってきた。ある朝、ヒヤマさん（妻）の「うわあ！」という絶叫に飛び起きた。ヒヤマさんの声にびっくりしたのだが、もちろん、二階のベッドの枕元までやってきた蟻たちにも驚いた。

ヒヤマさんは、蟻が来たのは歯をちゃんと磨かないせいだ、となじった。あなたは糖尿病予備軍だし、よだれがきっと甘いのだ、とも決めつけた。実はその日、寝る前にベッドでクッキーをかじったのだが、それを言うとヒヤマさんの攻撃がさらにヒートアップしそうなので黙っていた。先の三句の続きに、「老人は死体か蟻がすでに来た」と私は詠《よ》み、ヒヤマさんに謝ったというか反省をしたのだった。

ややや余談に及んだが、七十歳になって大学を退職したら、たちまち朝食後の眠りが始まった。気がゆるんだのはたしかだが、それよりも、それが老人の特権であることに気づいたのだ。人々が会社や学校などへ向かっている時間に悠々と寝る、これ以上の快楽、享楽がどこにあるだろうか。

というわけで、このエッセーを書いた後には私の黄金の時間が待っている。最近、蟻は来ない。

シロサイと文旦

抱いてむく土佐文旦も思い出も

文旦をころがしていた愛なども

文旦を日がな一日愛したい
文旦とカバとあんパンそしてオレ

腸捻転超超捻転蝶捻転

岬まで行く日朱欒に指立てて

月齢は五だろうあいつの傍が好き

林檎には蜜オレには孤立感

ころがってアリストテレスと冬瓜と

頓服が効きそう物に秋の影

リンゴにもオレにも秋の影ひとつ

シロサイの影はクロサイ十三夜

影たちが個々に自立し十三夜

転がって柿に生まれる柿の影

山に雪チェロとか猫とか負傷して
綿虫が飛んであいつが傍に来た

熊の肉大陸気団の中で煮る

石蕗咲いて岬へとっても行きたいよ

枇杷咲いて父とおんなじ歩き方

人はみな誰かの死後を生きて雪

焼き芋をほくほく分けて七十代

岡山県なんとか港にいて小春

春暁の岸のロープの切れっぱし
オレゴン州ポートランドはこの苺

父似だが父から逸れて剥くバナナ

エッセーⅡ

おい、つるりんしよう

——『老いの歌—新しく生きる時間へ』(岩波新書)について

小高さんに、「これ、どう?」と聞いてみたい俳句がある。

枇杷食べて君とつるりんしたいなあ

さて、どうだろう。小高さんは苦笑しながら、「これ、誰の句だっけ? まさか坪内さんではないよね」と言うかも。いや、「これが坪内さんの句だとしたら、ツボウチネンテンも一皮むけたな」と笑ってビールを勧めるかも。

枇杷ふとりゆるらにふとり金色の雨をうけつつしずかに灯る

これは小高さんの歌。青磁社から出た『小高賢』（シリーズ牧水賞の歌人たち）に自解があり、散歩の途中で見かける都会の枇杷が歌の素材になったと述べている。「ゆるらにふとり」という表現に少し自信がある、と述べた後で以下のように書いた。「だれも見向きもしないのに、枇杷は頑張っているのではないか。余分な感想かもしれないが、そういう激励の気分がある。一度、手を伸ばして捥いでみた。酸っぱくて食べられた代物ではなかった。都会の枇杷は眺めるものなのである。」よく頑張っているな、と枇杷を激励する気分がこの歌にはある、と解説しているのだが、私だと激励しないで食べてしまう。道端などの枇杷は小粒だが、意外に甘いものもある。小高さんの食べた枇杷はまだ十分に熟れていないか、たまたまさほど甘くない枇杷だったのだろう。

それはともかく、私だと、枇杷があったらまず枇杷を食べ、激励などはしないで「君とつるりんしたいなあ」と言ってしまう。このつるりんの句は私の作、去年作った。

実は、近年、小高さんについてとても気になっていることがあった。それを解決したいと思っていたのだが、小高さんはさっさとあの世へ移ってしまった。

その解決したいこととは、老いの歌をめぐる評価の問題。小高さんの『老いの歌』が出た直後、及川隆彦さんに頼んでこの本をめぐる小高さんとの対談を雑誌「短歌往来」でした。ところが、その対談の日は風邪の治った直後でまだ体調が十分でなかった。早口の小高さんについてゆけず、結果として不満の残る対談になってしまった。でも、いつかゆっくりと議論できるだろう、とも思ってきたのだった。

『老いの歌』のサブタイトルは「新しく生きる時間へ」である。確かに老いというものはそれを迎えるものにとって新しい体験になる。老いを生きている者にとっても日々に新しい時間を生きているのだ。でも、それって、十代でも五十代でも同じなのではないか。違いがあるとしたら、老人は死を身近に感じたり体力の衰えを痛感することがあるだろう、というくらいのこと。身近な死や体力の衰え、それらが新しく生きる老いの時間を彩取る。

小高さんは『老いの歌』で、短歌は「私」を絶対化することから始まる、という。そして、老いの歌においては「私」の多重化が見られるという。一人の「私」

で一首を統べることができず、いろんな私が出てきて老いの歌を今までになかったものにしている、と見るのだ。老いる「私」が自分の内面をのぞく、そのことに「いままでになかった短歌の可能性を感じる」とも小高さん。

老いは「無限に広がる新しい場所」なのだ。これも小高さんの意見である。はたしてそうだろうか。「無限に広がる新しい場所」はたとえば三十代の人の前にも広がっている。無限とか新しいとか可能性という用語を使うとしたら、老いよりも若さにふさわしいのではないか。「老い」において依然として「私」にこだわるのは、若さを基準にした思考ではないか。

「私」から自由になってもよい。実は、私が小高さんに言いたくて、うまく言えなかったことは「私」を脱することであった。老いて「私」が多重化すると小高さんは述べたが、多重化と見えるとき、それまでの「私」はもういないかもしれない。痴呆とか耄碌と呼ばれるものは「私」が「私」でないものになることではないか。そして、それはそれとして肯定すべきというか、生物である人間の自然な存在の形態だろう。

小高さんが説くように近代短歌は「私」中心であった。近代短歌というより、近代の小説や詩も俳句も「私」中心であった。「私」というかけがえのない個人の感動や思いを表現してきた。実際、「私」はとても大事だが、「私」だけがことさらに大事なわけではない。河馬だって草花だって銀河だって大事なはず。私たちはカバになってもよいし、銀河にたっぷりひたって銀河そのものになってもよい。そのような、人間でない存在に移行するというか、他者と一体化するチャンスがもしかしたら老いにはあるのかも。

小高さんは一九四四年七月の生まれ。同年四月生まれの私は、彼と同じ学校にいたら同級生になっていたかもしれない。彼は、「坪内さん、緻密さも大事だよ」といい続けてきた真面目な同級生。それに対して私は、緻密さや真面目さから逸脱する性向の強い粗雑な同級生。小高さんに向かって、「おい、君もつるりんしろよ。」と言い続けてきた同級生だ。もちろん、これからも言い続ける。

俳句は「遺産」ではない

俳句を世界遺産にしようという運動に反対である。反対の理由はとてもはっきりしている。俳句は、たとえば現代美術に近い表現であり、それを遺産と呼ぶことはそぐわない。現代美術、現代詩、現代の音楽や演劇、そして小説、短歌などもそぐわないだろう。

俳句を世界遺産にしようという人は俳句を誤解しているのではないか。あるいは、俳句の分からない感度のとても鈍い人たちだ。その人たちにはすぐれた句がないのかもしれない。

柿くへば鐘が鳴るなり法隆寺　正岡子規
爛々と昼の星見え菌生え　高浜虚子

緑蔭に三人の老婆わらへりき　　西東三鬼
暗闇の眼玉濡らさず泳ぐなり　　鈴木六林男
クレヨンの黄を麦秋のために折る　　林桂

右のような句が私のいう俳句である。イメージが提示されているが、意味をとろうとするとむつかしい。というか多義的であってさまざまな読みが可能になる。一句はまるで片言（言葉の断片）のように投げ出されている。

片言の鋭さにおいて俳句は現代美術に似ているのだ。

以上のような俳句は、時代と共に生きている。時代の言葉を生きている、と言い換えてもよいが、そのような表現は遺産という言葉からもっとも遠い。

ただ、遺産という言葉にとても近いところで俳句を考えている人たちがいて、その人たちが、俳句を世界遺産にしよう、と思いついたのであろう。

その人たちの俳句とは、私の言い方をすると、生活文化としての俳句である。五七五という定形の中で季語を中心にした黙契を楽しむ、それが生活文化としての俳句だ。新聞やテレビの俳壇、各種の俳句コンテスト、俳句結社の大半の俳句は、この生活文化としての俳句だと言ってよい。俳句を通して楽しんだり、暮らしの励みにしている、また、仲間作りの場になっている俳句、そうした私たちの日々の暮らしを彩っている俳句が生活文化の俳句である。

生活文化としての俳句は、俳句が発生して以来、俳句の根っこをなすものだった。それは一種のあいさつのような言葉の芸であり、座の文芸とか付き合いの文芸と呼ばれた。虚子は俳句とは存問であると言ったが、存問とは安否を問うこと、すなわちあいさつだ。評論家の山本健吉も俳句の大事な要素としてあいさつ性を指摘した。

あいさつ性だけで俳句を考えると、冒頭に引いた子規たちの句は、俳句の辺境に追いやられるだろう。柿を食べると鐘がなるという突拍子もない言い方は、挨拶の言葉から大きく逸脱している。もちろん、虚子の昼の星だって、桂のクレヨンだって同様だ。

俳句は生活文化として存在しながら、その表現史の先端に鋭い片言があった。その片言としての俳句が時代の詩として俳句を活性化してきた。俳句を世界遺産にしようという運動は、この片言としての俳句を切り捨てる。生活文化としての俳句（もっとも分かり易く言えばこれは月並み俳句である）だけを俳句としようという運動なのだ。激しく反対せざるを得ないではないか。

古池や蛙飛び込む水の音　　芭蕉
菜の花や月は東に日は西に　　蕪村
やれ打つな蠅が手をすり足をする　　一茶

これらの有名な古典句にしても、作られた時代においては鋭い片言であった。たとえば、芭蕉の句の出現によって、それまではもっぱら歌うものだった蛙が、飛ぶ蛙に変じた。蛙の新しい一面、すなわち蛙の多様性が発見されたのだ。これはすごい。認識の具体的な転換だから。つまり、芭蕉の句は生活文化から大きく逸脱した表現だったのだ。そのような表現が逆に生活文化に活力をもたらす。生活文化としての俳句と片言の俳句、この二つは共に存在することで、俳句という短い表現を生き生きとさせてきた。

俳人協会の機関誌「俳句文学館」（二〇一七年六月五日号）はその一面で俳句

をユネスコ無形文化遺産にするための登録推進協議会の設立を伝えている。その協議会に俳人の主要な団体が参加している。記事中には俳句は「世界平和に貢献できる世界最小の詩」などという表現もある。困ったなあ。

三月の甘納豆のうふふふふ
たんぽぽのぽぽのぽあたりが火事ですよ
多分だが磯巾着は義理堅い
尼さんが五人一本ずつバナナ
びわ食べて君とつるりんしたいなあ

私の句を挙げた。これらって、「世界平和に貢献できる」詩なのだろうか。なんだかはずかしい。

このはずかしい感覚が、世界遺産にしようという運動に反対する私の根っこの感じだ。設立協議会の有馬朗人さん、鷹羽狩行さん、大串章さん、宮坂静生さん、稲畑汀子さん、金子兜太さん、皆さんははずかしくないのだろうか。

俳句は多義、川柳は一義

俳句と川柳の違いは何ですか。これは俳句に関する講演会などで最もよく出てくる質問だ。そんなとき、最近の私の答えは決まっている。俳句では意味がいろいろです、あのようにもこのようにも読める、つまり、意味が多義なのが俳句です。それに対して、川柳の意味は一つ、一つでないと俳句みたいになって川柳らしさを失います。川柳では作者の言いたいことが一義にしぼられるのです。
以上が私の回答だが、では、次の二句はどっちが俳句でどっちが川柳だろう。

古池や蛙飛び込む水の音
寝ていても団扇の動く親心

もちろん、古池が俳句だが、芭蕉が作ったから俳句、というのではない。意味がいっぱいあるから俳句なのである、蛙を一匹と読む、あるいは複数と見る読み方などがあり、その読み方によって意味が変わる。古池もどんな古池を連想するかは人によって違うだろう。要するに、以上のような多義性が認められたとき、この句は俳句になるのである。もしこの句の蛙は一匹、わび・さびを詠んだ閑寂の句だ、それ以外は認められない、という人がいたら、その人は俳句としてこの句を読んでいない。意味が一つの川柳として読んでいる。端的にいえばそのような人は俳句が分かっていない。

私は飛び込む蛙はたくさんでよい、と思っている。古池は用済みになった溜池。寺の裏庭にあるようなわびしい池ではない。放置された溜池に春になって蛙がもどってきた、つまり春のにぎやかさが古池にも満ちた春の祝祭の句、として読むのである。もちろん、閑寂の句としても読めるが、それよりも春の祝祭がよい、というのが私の判断。

親心の句は川柳選集『誹風柳多留』にある有名な句。団扇という季語があるし、俳句じゃないの、という人がありそうだが、言いたいことはただ一つ、親心のありがたさだ。その親心を明確にしたのが「寝ていても団扇の動く」という表現。この表現、一義を際立たせた見事なものだ。この句をもし俳句として読もうとすると、親心が邪魔になる。作者が言いたいことを言いすぎているので、一義でしか読めないのだ。いや、そんなことはない、親は事情があって子を捨てようとしていて、最後の別れで団扇を使っているのだ、というような読みが出るかもしれないが、それは勝手読み、独断読みというもの。この句の五七五音の日本語のリズムはすなおに親心を肯定している。

皮下脂肪資源にできればノーベル賞
犬だけがスリムになったウォーキング
定年が僕を美山へ連れて行く

右はいうまでもなく川柳である。季語がないから川柳なのではなく（俳句にも季語のない無季句はいっぱいある）、一義の魅力、面白さで一句が成り立っているから川柳なのだ。皮下脂肪の句は、皮下脂肪という今日の嫌われ者をその逆のノーベル賞と結びつけたところが見事。皮下脂肪がにわかに貴重な資源のように見えてくる。もちろん、それは一瞬の錯覚であり、その一瞬の錯覚が私たちに笑いとか楽しさをもたらす。ちなみに、この句は第一生命が主催する第二十二回「サラリーマン川柳」の入選句。四万句以上が集まったこの川柳コンテストは今では入選句がニュースになるくらい有名だ。というか、川柳といえばサラリーマン川柳、という感じなのだが、それはそれで川柳の特色をよく発揮した現象であろう。俳句ではけっしてありえないことだから。次のウォーキングの句はメナード化粧品の「ダイエット川柳」入選句、定年の句は私も選者をつとめた京都府南丹市美山の「美山川柳コンテスト」の入選句。美山には茅葺の家がたくさん残っていて、近年、かつての日本のふるさととして注目を集めている。

俳句も川柳も元は俳諧という一つの流れに発している。俳諧の中で、多義の魅力、面白さを求めたのが俳句、一義を究めようとしたのが川柳だ。

春風や闘志いだきて丘に立つ　　虚子

帰るのはそこ晩秋の大きな木　　稔典

右はかなり川柳に近い句。かなりはっきりと思いが表現されているから。季語に思いを取り合わした俳句は多いが、そのような句はほとんどが川柳寄りだ。一方、次のような句は川柳から遠く、典型的に俳句である。

柿くへば鐘が鳴るなり法隆寺　子規
三月の甘納豆のうふふふ　稔典

要するに、俳句は多義の、川柳は一義の表現だ。

デコポンとうんこ

東風吹いてアイツが好きでやや困る
道が来る突然に来る春の朝

今午前十時三分チューリップ
空おぼろ目を見てキスを軽くする

デコボンとセックスしたいなどと春
春の風ぐしゃっといるのは虚子ですよ

春の風虚子とは今やスニーカー

デコポンは転がる愛はすっと立つ

おぼろおぼろ七十代が連れだって
葦芽ぐむ心は先へ行きたがる

桜咲くどすんと象はうんこして

桜咲くくすんと蝶がうんこして

桜咲く蟻のうんこを見ましたか

桜咲くじーじは今やうんこだよ

うんこうんこ東京は今桜どき
今は午後二時十五分蝶と蝶

素粒子と昵懇春のブロッコリー

素粒子の和解のように春の虹

素粒子の変身である春キャベツ

愛はなおデコポンみたい転がるよ

転生のかたち老人もデコポンも
デコポンが好き好き午後の十時ごろ

恋愛中七十代とデコポンは

春よ春カバはでっかいうんこです

デコポンも老人たちもうんこかも

エッセーⅢ

下駄鳴らし

連想ゲームをする要領で、伊丹三樹彦といえば、とつぶやく。頭に浮かんだのは、カメラ、古本屋、阪急電車、塚口、先生…。

そうなのだ、彼は私の俳句の先生だった。二十代の日々、私と仲間たちは先生の膝元にあった。

阪急神戸線の塚口駅、その駅のすぐ西側の踏切のそばに伊丹文庫があった。古書店である。その店主が伊丹先生だった。伊丹先生は俳人、「青玄」という俳句雑誌の主宰者だった。

私がその伊丹文庫を訪ねたのは一九六三年の春、高校を卒業して間のない時期だった。ときに先生は四十三歳。以来、先生と、先生の奥さんの公子先生に私は師事した。

古仏より噴き出す千手　遠くでテロ

そのころ、よく話題にした伊丹先生の句がこれ。千手観音を「古仏より噴き出す千手」と具体的に表現すると、古仏の古い時間が今と重なる。同時に、「遠くでテロ」という表現によって、遠い空間がやはり今に近づく。季語がなく、一行詩に近い俳句だ。

二十代の日に四十代の先生から学んだのは何だったか。また、伊丹先生といえば、とつぶやいてみる。下駄《げた》ばき、コーヒー、句会…。古書店の棚を整理する先生、喫茶店でコーヒーを飲みながら文学を論じる先生、青玄クラブと名付けた文化住宅の句会へ来て若者の相手をする先生。そのどの姿もズボンにシャツ、そしてちびた下駄。気安く、フットワークの軽い先生だった。

伊丹先生がいつも下駄ばきだったかどうか。実は真偽のほどは定かではない。でも、半世紀前の伊丹先生の私のイメージは下駄ばき。それは私の中で俳人の原像になっている。先生は下駄を鳴らして句会に来た。そして、談論風発、ときには声を荒らげて議論した。

虫の夜の洋酒が青く減ってゐる

これも私たちがよく話題にした先生の句。十八歳の作である。ちょっと甘くて少ししゃれた叙情が先生の俳句の核だった。この句は伊丹三樹彦初期句集「仏恋」(一九七五年)に出ている。

五十代からの先生は写真でも活躍したが、病気で倒れた八十五歳以降は俳句に専念、「秋昼の影踏みごっこ　独りごっこ」などの心にしみる老いの句を残した。

俳人の原型

二十代のころ、三樹彦先生だった。

尼崎市塚口の伊丹文庫を訪ねると、先生はＧパンに下駄ばきで書棚の整理をしていた。あるいは、店の奥の帳場に座って何かしていた。「青玄」の原稿の点検などをしていたのだろうか。古書店・伊丹文庫は、俳句雑誌・青玄の発行所でもあった。

星つかむ男　ねぷたの灯のてっぺん
花明り　仏も鹿も薄目して
古仏より噴き出す千手　遠くでテロ

これらはその頃にとても好きだったもの。今、ますます好きになっているというか、いいなあ、と思う作品だ。三樹彦先生はちょっとだけ甘い抒情派だった。「花明り」の句がその典型である。

先生は映画青年でもあった。その映画好きは五七五の言葉を映像的にした。右の三句、イメージが実にくっきりしているのはいかにも先生の作という感じだ。ちなみに、先生の映像への傾斜は写真へののめり込みとなり、五十代になると写俳亭と号して写真と俳句の二つに打ち込むようになる。私とその仲間たち、たとえば摂津幸彦、澤好摩などが先生から遠ざかるのはその時期だった。私や幸彦は「黄金海岸」という同人誌を出し、好摩はやはり「未定」という同人誌を始めた。先生から離れることで、私の当時の仲間たちは、それぞれに自身の拠点を作り始めたのだ。

ある事件があった。青玄俳句会は文化住宅の二階に青玄クラブという集会所を設けていた。十代から三十代の若者（要するに私たち）がそこにたむろしていた。矢上新八、立岡正幸、澤好摩などがたしかそのクラブの管理人だったはず。事件は好摩が管理人のときに起こった。私が階段で首つり自殺をしたのである。

その日、私はいなかったのだが、私に似せて服を階段に吊り、縊死しているように見せたのだ。やがてやってくる仲間をびっくりさせる趣向だったが、最初に来たのは女性だった。彼女、ドアを開けた途端にびっくりし、大慌てで先生や警察に電話した。

趣向が分かってしまうと、若い者の他愛ないいたずらに過ぎないのだが、この一一〇番を受けて警察が来てしまった。そのころ、私もクラブに到着して、この大騒動の中にいた。警官は一応事情を聞き、責任者はだれだ、と言った。一瞬、先生に迷惑をかけるか、と思ったが、居合わせた大人が管理人を指さした。責任者は管理人ということで一件落着したのだが、この事件をきっかけに、私たちは「青玄」と距離を取りだしたのであった。先生の側でも、こいつ達とは付き合いきれない、と思われたかもしれない。

ともあれ、先生との出会いがなければ、私は俳人になっていなかっただろう。Gパンで下駄、耳に鉛筆をはさんだ五十歳前後の伊丹三樹彦は私の俳人の原型だ。

先生との約束

初日浴ぶ一存在は全存在

句集『一存在』から引いた。初日を全身に浴びながら、つまり、元旦の朝日のなかで、自分という一存在は生物の全存在に匹敵する、あるいは、一人のこの自分は地球全体に相当する、と思っているのだろう。そう思って、ぶるっと震えている気がする。存在の重さにおののいているのだ。

手から手へ渡って乳子の初笑い

初日の句の後に置かれているのが右の句。初日とか初笑いという正月の季語で作っているが、手から手へ渡る乳児のようすが生き生きしている。正月に親子とか親戚の者たちが集い、まだ乳臭い子を囲んでいる。「手から手へ」がその団欒の正月らしいめでたさをよくとらえている。もっとも、「乳子」にちょっとつまずく。乳子なんて語は聞いたことがない。「乳児」のことだろうか。

甘酒にいま存命の一本箸

これ、いい句だな、と思う。一本箸は仏に供える飯の上に立てる箸だ。つまり、死者の箸だが、甘酒を飲むとき、なぜか一本の箸(たとえば割り箸の片方)を使った。混ぜるためであり、箸をマドラーの代用にしたのだ。私のなかにそのような甘酒の飲み方の記憶があるので、「存命の一本箸」がとてもおもしろい。生きていながら一本箸を使っている、その矛盾というか、ちぐはぐさがおかしいのだ。存命という語が急に重くなる気もする。

達治碑の蜜柑一箇に直歩して

この句はどうだろう。達治碑は三好達治の碑だろうか。直歩とは？　真っ直ぐに歩くという意味だろうか。碑に供えられた蜜柑一個に向かって直進するのか。それって、なんのためだろう。

生きて孤の鳶の輪鷺の佇立も

イキテコノトビノワサギノチョリツモと読むのだろうか。耳で聞くと難解だ。輪を描いて飛ぶ鳶も、佇立している鷺も、生きているものの孤独の姿だ、というのであろう。意味はなんとなく分かるが、リズムがあまりにも悪い。

本陣は留守両断の白菜冴え

旧街道の本陣跡に人影がなく、真っ二つに切られた白菜が生々しく置いてある、というのだろうか。白菜、冴えるはともに冬の季語だから「白菜冴え」という表現が少しくどいかもしれない。作者は超季の立場だったが、季語を超えて句を作るとは、季語の限界の先へ出ること。そうでなければ単なる恣意になる。このあたり、ほんとうは三樹彦先生と議論しておきたかった。ともあれ、この句は両断された白菜が寒気の中で生ま生ましい。イメージがあざやかだ。

髭さびて師風になずむ草城忌

この句はむつかしい。「髭さびて」は髭がいかにも髭らしくなったということ、あるいはその逆で、髭が衰えたということ？　「なずむ」はこだわる、執着するという意味？　師風を継ぐことに難渋するというようにも読める。

以上の七句には「存命」というタイトルがついており、一九七七年、作者五十七歳の作である。私はそのころ、高校の非常勤講師や出版社の編集者、ラジオの台本書きなどをしながら、「現代俳句」という雑誌を出していた。尼崎に住んでいたので、時折、三樹彦先生の古書店「伊丹文庫」を訪ねた。

ところで、私は先生の句を棒書きして引用した。三樹彦先生の句は、字間をあけるのが特色だが、青玄俳句会の会員でなくなったころから、私は次第に字間あけから遠ざかった。先生の膝下にあったころ、私も字間をあけて表記していた。

字間をあけると句が長くなる。作者の意図を読者に押し付ける。この二つの理由で、私は字間あけがうとましくなった。実は、もう一つ理由があった。字間をあけた句は引用が煩瑣になる。どこに空きがあるかをいちいち確認しないといけない。

初日浴ぶ　一存在は　全存在

原作に忠実に引用するとしたら、この稿の冒頭の句は右のようになる。三樹彦先生は、金子兜太が字間あけを穴のあいた褌だと揶揄した、とくやしがっていたが、兜太の説に私も賛成である。むしろ、字間あけを無視して読むことで、先生の句が新しく立ってくるのではないか。

というようなことを思って、数年前、字間を詰めて先生の百句を鑑賞してみたい、と手紙を出した。字間を詰めた百句を選び、それをなん人かで鑑賞したいと伝えたのだ。先生からはすぐ許可の返事がきた。でも、私がぐずぐずしているうちに先生は他界され、『三樹彦百句』（仮称）はまだ実現していない。句集『一存在』は、『伊丹三樹彦全句集』（一九九二年）に未刊句集として収録されている。この全句集のあとがきの末尾は、「僕は迎合することのない俳句が好きである。今までも、これからも。」迎合することのない俳句とは、その人らしい俳句、ということだろう。三樹彦先生らしさは、字間あけしなくても出ているのではないか。たとえば先の一本箸の句などに。

くどくなるので説明を省くが、字間あけを無視するとは、俳壇や師風を超えて、日本語の現場で俳句を考えること。この志向に賛成して、三樹彦百句の鑑賞をしてみたいという人、この指、止まれ！

公子先生のいた日

一篇の詩をまず引こう。伊丹公子詩集『空間彩色』(一九七六年)にある「課程」という作品だ。

ギリシャの壺に
菜の花を挿した
素焼の膚の上に
影となった
菜の花が
そよとも動かず
ひと日過ぎた

その翌日も
またその翌日も
同じ形の影が
壺にあって
幾日目かに
花びらが散った

書き写していると、真青な空間に菜の花の黄色が浮かぶ。ギリシャの素焼の壺のイメージが私には判然としないが、その素焼は白っぽいのだろうか。うん、白っぽい壺ということにしておこう。その膚に菜の花の影がさしている。ただ影がさしているだけの静謐な空間が数日あるのだ。この詩は次のように続く。

もう影はささぬ
壺は
春の歌を

なくして
空っぽのまま
また
幾日かが
過ぎた
壺は
故郷ギリシャの
土にかえってしまった

本来の場へかえってゆく課程、その過程をとらえた詩なのだが、詩人の意識は菜の花の影にのみ集中している。その意識、シーンとして寂しい感じがする。先に静謐という言葉を使ったのはこの寂しさを強く感じるから。この寂しさ、季語でいえば「晩春」とか「行く春」の情緒なのだろうが、この詩にある時間の経過の具体性は、季語と数語で成り立つ俳句ではとらえ難いかもしれない。

さて、伊丹公子。この人は、私には公子センセイである。四国の高校を卒業した一九六三年春、大学受験に失敗した私は尼崎市の親戚の家に仮寓した。尼崎に来て間もなく、俳句の先生として知っていた伊丹三樹彦先生を尼崎市塚口に訪ねた。その日、塚口駅に迎えにきてくださったのが夫人の公子センセイだった。

公子センセイは一九二五年四月二二日生まれ。私は十九年後の同月同日生まれ。なんだかとっても気が合う感じが最初からした。今にして思うと、公子センセイが合わせてくださったのだろうが、しばしばセンセイとコーヒーを飲みながら本の話や詩の話をした。大学生になってからも続いたそのセンセイとの時間は私の黄金時間であった。

それにしても
春が曇りがちなのは
あまり華やぐのを
恥じているのかもしれない

さくら　さくら

その無類の明るさ
坐りこんでしまったひとに
とりとめなく
綿菓子がふくれる

右は「花ぐもり」という詩の後半部。この詩はセンセイの第一詩集『通過儀礼』(一九七〇年)にある。「あまり華やぐのを　恥じている」結果として花ぐもりがある、という見方がすてきだ。ちなみに、綿菓子の前に坐りこんでいるひとは墓地や球根のことを気にしていて、それらのことは「またあした　ゆっくり考えればいい」と思っている。綿菓子とその前に坐ったひとの光景はやはりシーンとして寂しい。

公子センセイには六冊の詩集があるが、それに倍する十四の句集を残した。「運命のひかりをやどす　白木蓮」「蜂蜜冷え　蘇る　あまたの夏」のような俳句をセンセイは作ったが、これらはセンセイの詩の一部のよう。白木蓮という季語に対して「運命のひかりをやどす」は季語の説明に終わっているし、蜂蜜の句は「あまたの夏」が具体性を欠いている。俳句的表現の緻密さ、季語を活かす楽しさなどに無関心、それがセンセイの句法だった。

ここまで書いて、私もまた綿菓子の前に坐りこんでいる気分になっている。公子センセイも坐っている。

カリフラワーと長崎

雲は春くすりと窓の音がして
雲は春自分がちょっとうざったい

四月にはカリフラワーに抱かれたい
春の雲食べたいしたい眠りたい

一日の草餅二つ七十代

草餅をちぎりちぎって七十代

老人はすわるとうんこ春の道

今午後の四時二十分桜エビ

桜エビかき揚げにして和解して
独りいて木椅子の春のがたつくよ

机辺とか帰帆とか好き雲は春

デコポンとやりたいなんてなんてまあ

ああ、今は長崎を待つ春うらら
春うららクロサイなどは孤立して

逸脱と長崎が好き桜散る

もしかしてカバが来るのか花曇り

春の日のカリフラワーに首ったけ
春の日のカステラ僕は孤立して

窓へ来るくすっと春のフェリーなど
桜散る岸辺の椅子の島々に

長崎の春の埠頭の黒い犀
ヒヤシンス接岸とってもいい語感

薔薇の芽はちくちく朝の長崎も
ゆであげるカリフラワーの鬱憤を

仁愛のカリフラワーと佐賀牛と

エッセーⅣ

半歩遅れの読書術①
――『金田一先生のことば学入門』

犬、と私が言う。私の声（音）を聞いた相手は、瞬時に犬を思う。私たちは、言葉を受け止めると、その意味を瞬時にイメージ化する習慣がある。意味を映像化して理解するのだ。

声だけでなく、文字の場合も同様だが、今ここを読んでいるあなたはどのような犬を思ったのだろう。もし、私が思っていた犬に近いなら、あなたは私の言葉を理解したことになるはず。黒い柴犬《しばいぬ》を思い浮かべた、って。残念！　私の犬は青い目のシベリアンハスキーだった。

以上のような実験（？）から分かることは、言葉はなかなか伝わらないということ。大まかには伝わるが、完全に伝わるなどということはありえない。さらに分かることは、音と意味の結びつきは実にいい加減だ、ということ。

このいい加減さ、これが実は言葉にとって大事なのだ。そのことを具体例に即して示したのが『金田一先生のことば学入門』（中公文庫）である。

犬という言葉には柴、シベリアンハスキー、コリー、ブルドッグなどのいろんな犬が結びついている。これがもし、秋田犬でなければ犬とは認めないというように、音と意味の結びつきを制限したらどうだろう。犬の世界はとても狭く窮屈になる。逆に、犬という音に結びつくものが多様になると、犬の世界はいうまでもなく、この世がうんと広くなる。

いい加減さがたっぷりとある社会、それは創造性に富む豊かな社会だ。逆に、いい加減さに対応できなくなると、たとえば日本語は乱れていると言い出す。老化の始まりだ。いい加減さの許容度が減ると、人も国も組織も活力を失う。

ところで、犬と私たちはなんとなく感情が通じる。それはどうしてだろう。

著者の金田一秀穂は言う。いい加減な言葉の根っこというか、底の方に、私たちは犬と同じ言葉、すなわち音と意味が密接な言葉（アナログな言葉）を持ち続けているのではないか、と。泣き声、うめき声、わめき、ため息、そして幼児の言葉などがそれ。それは今から五万年以上も前の言葉だが、その言葉において、私たちは犬や猫などの生物と感情がつながる。

いい加減な言葉は人類に発達をもたらした。そのことを高く評価しながら、アナログな言葉、すなわち泣き声やうめきなどに惹《ひ》かれる著者。この著者の姿勢に私は共感する。犬や猫や小鳥、それらの生物たちと感情が通じる時、私たちは深々とした言葉の宇宙にいるのだ。

半歩遅れの読書術②
――『まど・みちお詩集』

たいていの本は前から順に、ページを繰って読むようにできている。だが、詩歌の本はそうともいえない。いや、ページを繰らないで、ぱっと開けたところを見る、そのような読み方がむしろ詩集や歌集、句集などにはふさわしい。

谷川俊太郎編『まど・みちお詩集』（岩波文庫）を適当に開いたら、「地球の用事」という詩があった。一九六ページだ。「ビーズつなぎの　手から　おちた／赤い　ビーズ／指さきから　ひざへ／ひざから　ざぶとんへ／ざぶとんから　たたみへ」とビーズがころがる。

ビーズは低い方へ転がって行き、「たたみの　すみの　こげあなに／はいって／とまった」

ここまで読んで、うん、うん、こういうことってある。このビーズ、なんだか或る日の自分みたいだなあ、と思う。そう思いながらこの後を読む。

ビーズは言われた通りの道を、言われた通りの所へ来ている、と表現している。ちょっと意外だ。私は、高い所から低い所へころがり、運悪く畳の焦げ穴でとまった、と思っていたのだ。それで、よく似た不運が自分にもあったと、このビーズに共感したのだ。でも、この詩のビーズは喜んでいる。畳の焦げ穴で「いま／あんしんした　顔で／光って　いる」

現実のビーズとはちょっと違う、生きたビーズがここにはいる。詩歌の言葉たちはこのビーズのように呼吸し、そして動く。生きているのだ。では、詩の結びを引こう。

「ああ　こんなに　小さな／ちびちゃんを／ここまで　走らせた／地球の　用事は／なんだったのだろう」。そうか、ビーズは地球の用事を果たしたのか。ちゃんと用事を果たしたので安心していたのか。私は納得し、急に世界が変ったと感じる。畳の焦げ穴の小さなビーズから宇宙が広がっている。

詩歌とは（大きく出た言い方で照れくさいが）、言葉たちの命を見つける装置ではないだろうか。この装置、あたかもルーペのように言葉の生きているようすをとらえる。

『まど・みちお詩集』には何篇かのエッセーが納められているが、そのエッセーで作者は言う。小学生時代、世界はとても新鮮で神秘的だったが、同時に、しーんとした寂びしさの中に自分はいた、と。その原初的とも言うべき感覚の再現、それが言葉の命を見つける彼の詩作なのだろう。

ともあれ、ぱっと開いて開いたページを読むと、たまに言葉が立つ。あのビーズのように。

半歩遅れの読書術③
――『続続・荒川洋治詩集』

ときたま、詩集を買う。最近では思潮社の現代詩文庫の一冊、『続続・荒川洋治詩集』を買った。今年の六月に出た本だ。

詩集は買うべきなのだ。歌集、句集も。近年、いや、昔からかもしれないが、詩歌集は作者が贈呈するもの、つまり贈答品になっている。歳暮のハムやコーヒーと同じだ。でも歳暮の品はしばしば味気ない。

本は買うものである。今は図書館で借りる人が多い。ねんてんさんの本、図書館で読みましたよ、と声をかけてくれる人がたまにあるが、ちょっとうれしいが、実はかなり不満。図書館で読んで、その後で買いましたよ、と言ってほしい。身銭を切って読むものが本だ、と私は言いたい。

「K村の／沼であるべき場所に／梶山商店という店／再生原料卸なのか／庭先まで屑物であふれる」

荒川洋治の詩集を適当に開いたら「青沼」という詩があった。右はその最初の連。この後に梶山商店のようすや歴史のようなものが書かれている。

「電話をかけても誰も出ないのに／電話はある／という家のように思える」「ごはんの音もしない／ヨーロッパのお菓子の家のようだ」。なんだか気になるではないか、この家。

すぐれた詩歌には日本語の最先端の気配がある。古い言い方をすると（そういえば、身銭を切るもずいぶん古い）、言霊がそこに生動している。その気配は渦とかマグマとか炎みたいだ。あるいは、小春日のぽかぽか陽気であったり、土を割る芽であったりする。要するに、それが身近にあるとなんだか楽しい。この世界に新しい魅力を感じる。そういうものなのだ、詩歌とは。

「菱の実は早くからの仲間をゆさぶって／泥の下に　戻っていくようだ／人は非常に速い／雨がやみ／青沼はきょうも／風景だ／町の帽子をかぶって／梶山商店の主人が／道の上に出てきた」

七連からなる詩「青沼」の最終連を写した。「菱《ひし》の実」のイメージは、先に言った渦にも似た原始的な生命の気配だ。「人は非常に速い」は、菱の実の動作と比べてのことだろうか。ちょっと読みにつまずくが、それはそのままにしておく。別の日にまたこのあたりを眺めたら、速い人がぱっと見えるかも。

ちなみに、町の帽子も読者によってイメージが違うだろう。そのような違いや読みにつまずいたところをめぐって、いっしょに話したり議論したりする友人、知人がいたら、詩集の楽しみはいっそう増す。

半歩遅れの読書術④
──『ナチュラリスト』

福岡伸一は生物学者。『生物と無生物のあいだ』『動的平衡』などの著作で知られる。

ベストセラーの本を次々に出す人なので、やや敬遠していたが（流行の人はとりあえず横に置くのが私の癖）、フェルメールの本などを実に楽しそうに書いている。で、敬遠しながらも、その楽しそうな仕事ぶりが気になっていた。

そんな矢先、『ナチュラリスト』（新潮社）が出た。去年の十一月である。書店で手にしてぱらぱらめくったら、二十六ページにすてきな絵があった。岸壁に腰をおろした少年が行きかう船を見ている。解説を読むと、それは『ドリトル先生航海記』の挿絵らしい。この岸壁の少年、スタビンズ君は、やがてドリトル先生といっしょに航海に出る。

と、そこまで分かって、私はこの本を買った。なんと福岡は少年の座っていた岸壁を訪ね、イギリスのその岸に腰をおろして足をぶらぶらさせる。スタビンズ君のように。

人は学習や経験を重ねながら、おのずと専門性を高める。その場合、専門性ばかりに集中すると、魅力的な専門家になれない。靴職人、大工、研究者、俳人、その他もろもろの専門家たちは、専門性を高めながら、同時に非専門性を豊富に抱え込まなければいけない。そうしないと魅力を欠く。以上のようなことを、いろんな人と出会って私は実感してきた。

端的にいえば、スタビンズ少年になることが非専門性をとり込むことだ。福岡は物語の中の岸壁をわざわざ探したが、いうまでもなく、その行為において彼はスタビンズ少年になった。

さて、スタビンズ少年はドリトル先生に出会い、自分も先生のようなナチュラリストになりたい、と思う。そのナチュラリストをめぐる話題がこの本の核をなすが、私はメンターという言葉に出会って、なんだかとてもうれしくなった。

メンターとは、「仲間として遇してくれて、決して子ども扱いしないという公平な大人」だと福岡は言う。この本では、そのようなメンターとの福岡の出会いが具体的に語られている。『ドクトル先生航海記』という本も福岡のメンターであった。

ナチュラリストは「自然を愛する人」だと福岡はシンプルに定義する。そして以下のように言う。「ナチュラリストであることは喜びです。世界の美しさと精妙さに気づくことは、心を豊かにしてくれます。そして何かを学ぶことは自分を自由にしてくれます」。私は今、福岡伸一というメンターを得た気分だ。

噛みに噛む子規

最近、「墨汁一滴」を読んでいておやっと思ったことがある。ちなみに、私は「墨汁一滴」などを書籍リーダーで読む。私が愛用しているのは楽天のKOBOだが、このKOBOに青空文庫（インターネット上の無料図書館）にある子規の作品をインストールしているのだ。随筆や評論は主要なものがほぼ青空文庫に入っているから、約一八〇グラムのKOBOを携帯すれば、いつでもどこでも手軽に子規が読める。

さて、私がおやっと思った「墨汁一滴」の記事とは、次の明治三十四年五月九日の記事（ルビをつけて引く）。

今になりて思ひ得たる事あり、これ迄余が横臥せるに拘《かかわ》らず割合に多くの食物を消化し得たるは咀嚼の力与《あずか》つて多きに居りし事を。噛みたるが上にも噛み、和《やわ》らげたるが上にも和らげ、粥の米さへ噛み得らるるだけは噛みしが如き、あながち偶然の癖にはあらざりき。

子規が今になって思いついたこと、そのことに百年以上も後になって私もまたおやっと思ったのである。いうまでもないが、子規が噛みに噛み、和らげたる上にも和らげた人であったことにおやっと思ったのだ。

子規が食べに食べた人であったことは、よく知られているし、わが家でも一時期、子規と食べる日、という行事があった。子規忌の前後に、友人たちを招き、子規が食べたものを再現、皆でそれを食べて子規の気分になったのである。再現するメニューは「仰臥漫録」の記事に従った。たとえば明治三十四年九月二十日の記事は次のようである。

朝　ヌク飯三碗　佃煮　ナラ漬

午　粥三ワン　焼鳴三羽　キャベージ　ナラ漬　梨一ツ　葡萄

間食　牛乳一合ココア入　菓子パン大小数個　塩煎餅
便通及包帯取換
晩　与平鮓二ツ三ツ　粥二碗　マグロノサシミ　煮茄子　ナラ漬　葡萄一房
夜　林檎二切　飴湯
十時半寝ニ就ク

この日の記事はまだまだ続き、「律ハ理屈ヅメノ女也同感同情ノ無キ木石ノ如キ女也」というよく知られた妹への批判が長々と書かれている。この妹批判は翌日も続くが、それは妹への思いを子規が反芻するかのように噛みに噛んだのだと今にして分かる。

話がそれかけているが、私たちの子規と食べる日では、右のメニューを複製版「仰臥漫録」でコピーし、あれこれと話題にした。ちなみに、再現したのは、晩のメニューだ。

与平鮓は伊藤左千夫が手土産として持参したもの。「仰臥漫録」には「夕刻左千夫本所ノ与平鮓一折ヲ携ヘテ来ル」とある。江戸時代、与平鮓は江戸を代表する鮓（ワサビ入りの握り鮓）として有名だったらしく、その名を継ぐ鮓屋が本所にあったのだろう。私たちの会ではこの与平鮓を奈良名物の柿の葉寿司に変えたが、「与平鮓二ツ三ツ」という表記が話題になったことを覚えている。握り鮓を二つ三つ食べるとはどのような食べ方か。二つ食べて三つめは食べかけて残したのか。まさかそのような食べ方はしないだろう。とすると、鮓二つ三つとはどういうこと？　結局、私たちの議論では、確か二つ三つを食べた、という感じ（気持ち）を表現しているのだろう、ということになった。つまり、「仰臥漫録」の記事を書くときに二つだったか三つだったか分からなくなっていたのだ。でも、私としてはその議論に納得していない。二つを食べたか三つを食べたかだと、私はたいていの場合に覚えているから。だから、今でも「与平鮓二ツ三ツ」は謎である。

「与平鮓二ツ三ツ　粥二碗　マグロノサシミ　煮茄子　ナラ漬　葡萄一房」。これらを子規は噛みに噛み、和らげた上に和らげた。私たちは与平鮓の数にはこだわったが、噛みに噛むという食べ方には思い至らなかった。それよりも、鮓を食べた上に粥を二碗も食べ、しかもマグロまで食べる大食ぶりに感嘆した。多分、子規を読む多くの人は、私たちと同様に大食ぶりに感嘆したりあきれたりするのである。大食の子規が、実は噛みに噛んでいたことには気づかないのではないか。彼自身が、よく噛んだ、と書いているにもかかわらず。少なくとも私は、つい先日、KOBOで「墨汁一滴」を読んでいたときに初めて気づいたのである。では、その「墨汁一滴」の噛みに噛んでいたという記事の続きを引こう。

斯《か》く噛み噛みたるためにや咀嚼に最《もっとも》必要なる第一の臼歯左右共にやうやうに傷《そこな》はれて此頃は痛み強く少しにても上下の歯をあはす事出来難くなりぬ。かくなりては極めて柔らかなるものも噛まずに呑み込まざるべからず。噛まずに呑み込めば美味を感ぜざるのみならず、腸胃直《じき》に痛みて痙攣を起す。是《ここ》に於いて衛生上の栄養と快心的の娯楽と一時に奪ひ去られ、衰弱頓《とみ》に加はり昼夜悶々、忽《たちま》ち例の問題は起る「人間は何が故に生きて居らざるべからざるか」

彼が大食でありえたのは噛みに噛んだからである。噛みに噛むことは癖として身体化された行為になっていた。だが、今、臼歯がぼろぼろになって「極めて柔らかなるものも噛まずに呑み込まざるべからず」という状態になった。実は、私はここでも驚いている。ごく常識的には、「極めて硬きものも噛まずに呑み込まざるべからず」とあるべきだろう。柔らかいものは噛まないで飲み込むのが常識というか普通だと私は思っていた。ところが、子規は「極めて柔らかなるものも……」と書く。与平鮓を粥を、そしてマグロも煮茄子も奈良漬も葡萄も、子規は噛みに噛んでいた。そんなにも噛んでいたから、握り鮓の個数が二つか三ツつか分からなくなった？　噛んでいて鮓が混沌となり、もはや二つでも三つでも関係のない状態になったのだ、という気がする。

噛みに噛む子規がいたのだ。早食いがすっかり癖になっている私には、最近までその子規が見えなかった。先年、胃がんで胃の摘出をした私は、出来るだけ噛むことを心がけるようになっている。胃という消化器がほとんどなくなっているのだから、噛むほかないのだが、それでもついつい呑み込んでしまう。柔らかいものだとほとんど噛まないで呑み込む。だから、「極めて柔らかなるものも……」と書いた子規が驚異的に見える。

子規はいろんなことに手を出したというか、興味や関心のおもむくままに広がった人であった。文学活動にしても、漢詩、俳句、小説、新体詩、短歌、随筆、批評というように多彩であった。まさに大食、そして噛みに噛んだのだ。とりわけ、後世にまで影響を与えたのは

・俳句
・短歌
・文章（随筆、日記、批評）

である。この三つのジャンルを子規は噛みに噛んだ。もっとも、俳句は明治二十年代、すなわちまだ病臥の状態ではないころによく噛んだ。明治三十年代に入ると彼は病臥を強いられるが、そうなったときには、俳句よりもむしろ短歌、文章を噛みに噛んだ。だから、私は「俳人子規」という今の世間に広く通用している呼称に抵抗を覚える。俳人子規、歌人子規、文章家子規がいたのであって、俳人子規だけがいたのではない。でも、たとえば彼の故郷の松山へ行くと、俳人子規が幅をきかしている。俳句の町のシンボル的俳人として子規があがめられているのだが、それはとてもまずいのではないか。子規を矮小化するから。

もし、子規が俳句だけを作ったとしよう。彼はどんな俳人になっただろうか。

おそらく駄句の山を築いたつまらない俳人である。俳句分類などを元にした屈強の批評家、そして「墨汁一滴」などを書いた屈指の随筆家、そうした面があって、つまり、それらが相乗的に働いて、

柿くへば鐘が鳴るなり法隆寺

が彼の代表的名句になっている。子規は二万以上の句を残しながらも、この句以外の有名な句がない。芭蕉、蕪村、一茶などにはその点でははるかに及ばない。子規が明治の新しい俳句の核になったことは確かだが、今のところ、俳人子規はかなり小ぶりである。「今のところ」と限定したのは、将来、大俳人に成長するかもしれないから。子規は与謝蕪村を大々的に評価し、結果として蕪村を江戸時代の代表的俳人にまで成長させた。育てる人があれば、すぐれた人は死後にも育つ。いや、死後にこそ育つのがすぐれた俳句でありすぐれた俳人である。

東海道若葉の雨となりにけり

春風や象引いて行く町の中
フランスの一輪ざしや冬の薔薇《ばら》
椅子を置くや薔薇《そうび》に膝の触るる処
雉《きじ》の子をつかんで帰る童《わらべ》かな

子規の句が育つとしたら右に挙げたような句かもしれない、というのが私の予測だ。いずれも子規がよく口にした配合（取り合わせ）が効果的な作品である。そのかわりに、病人である作者をほとんど感じさせない。作品を作者に還元する必要のないこうした作、それが芭蕉や蕪村などの名句でもある。

私が子規に出会ったのは二十代の末、女子高校の教師をしていたころである。あちこちで書いたりしゃべったりしているが、パチンコで勝って得た金で改造社版の子規全集を衝動買いしたのだ。以来、約四十年、私の暮らしの基本は、子規を読み子規について考えることであった。一体化を願いながらも明治の国家からずれてしまう子規、草花を命とする子規、仲間と共同して活動する子規、病気を楽しむ子規……。私はいろんな子規に出会い、そのたびにその像から影響を受けた。たとえば、全国の有名な柿の産地を訪ねて柿尽くしの『柿日和』（岩波書店）というエッセー集を出した。子規の柿好きに伝染した結果である。子規のように考え、子規のように行動する、それが子規を研究する基本の姿勢であるべき、と思ってきた。もちろん、子規とそっくりに行動するのは不可能だし、コピーするかのように行動する必要はない。ただ、たとえば、誰とでも対等に議論する、率直に言うべきことを言う、仲間と共同する、読者を意識して書く、こうした子規の基本姿勢はできるだけ共有するというか、自分の姿勢にもしたい、と願ってきた。

今、私は噛みに噛む新しい子規に出会っている。KOBOという機器を通して出会ったのだが、実はこの機器、老人にはとても便利なのである。軽いし、文字の大きさも自在に調節できる。それに、夜中に目が覚めたとき（老人はたいてい夜中に目が覚める）、ベッドで仰向けになったまま読むことができる。電気をつけなくてもKOBOの画面そのものが明るくなる。この電子機器、仰臥を強いられた子規が知ったら大喜びするだろう。今夜、私はまた子規を噛もう。噛みに噛もう。

病床の子規

糸瓜の句

「病床六尺、これが我世界《わがせかい》である」と正岡子規は書いた。その病床六尺の世界とは、身長約一六〇センチの子規が仰臥していた敷布団一枚の世界だ。その世界で、子規がこの世の最後に書いた俳句は絶筆三句として知られる次の糸瓜の句であった。

糸瓜咲《さき》て痰《たん》のつまりし仏かな
痰一斗糸瓜の水も間にあはず

をととひのへちまの水も取らざりき

この三句が「正岡子規の絶筆」として新聞「日本」に掲載されたとき、「是れ子《し》が永眠の十二時間前即ち十八日の午前十一時病床に仰臥しつゝ痩せに痩せたる手に依りて書かれたる最後の俳句なり」と前書きがついていた。

絶筆三句は妹と河東碧梧桐に助けられて揮毫した。そのようすは、碧梧桐が編集した『子規言行録』(一九三六年)に碧梧桐自身が詳しく書いている。紙を貼った画板を妹が支え、碧梧桐が筆に墨をふくませて子規に渡した。子規はいきなり中央へ「糸瓜咲て」と書いた。以下、碧梧桐は対象を追うカメラのような筆致で三句の書かれていくさまを活写している。

さて、三つの糸瓜の句だが、最初に書いた「糸瓜咲て」は、痰が詰まった死者が糸瓜の黄色い花の下に横たわっている光景だ。いうまでもなく、これは死後の自分である。ややぶざまというか、なんともなさけない仏(死者)だ。子規に笑う元気があったら、そのぶざまさに苦笑をもらしただろう。ともあれ、子規は自らの死後を描いた。糸瓜の花と「痰のつまりし仏」を取り合わせて。糸瓜の花がほんの少し、「痰のつまりし仏」のぶざまさを和らげているだろう。それはまさに取り合わせの効果だが、取り合わせ（子規はしばしばこれを配合と呼んだ）は、子規が得意とした俳句の技法だった。子規は取り合わせによってしばしば写生したのだった。

ちなみに、「痰一斗」「をととひの」の二句は、どのようにして死んだかを説明している。痰がおびただしく出て、もはや糸瓜水の痰を切る薬効も及ばない状態だった。それで、薬効がことに大きいという一昨日（満月の日）の糸瓜水も取らなかったのだ。実は、糸瓜水を用いた形跡は子規にはない。糸瓜の水が役立たなくなって死んだ、というのは、子規がこしらえた（想像した）死の場面であった。つまり、糸瓜三句の世界はフィクションなのだ。そのフィクションを説明し、場面を分かりやすくしているのが、俳句としては駄句に近い二句であった。

モダンな病床

「病床六尺、これが我世界である」とは日記的随筆『病床六尺』(一九〇二年)の冒頭文である。その続きは、「しかも此《この》六尺の病床が余には広過ぎるのである。」蒲団の外へ足を延ばすことはできず、そればかりか、苦痛のあまり少しも体を動かせない時もある。だから、病床六尺が子規には広過ぎるのであった。

たしかに病床六尺の世界は狭い。子規はその狭い世界で、飲食、執筆、読書、議論など、あらゆることをした。絵も描いたし、俳句を詠み、排便もした。

風板引け鉢植の花散る程に

これは『病床六尺』の七月十九日の記事中に出ている句だ。日ごろの暑さに堪えかねた子規は、風を起こす機械が欲しいな、と話した。すると、碧梧桐がさっそく自分でその機械を作り、寝床の上に吊ってくれた。「仮に之《これ》に名づけて風板といふ。夏の季にもなるべき」と子規。風板はフウバンと読んだのだろうか。夏の季語になるかもしれないとまで子規は期待した。風板は板を羽のように組み合わせ、紐で引っ張って上下させて風を起こす仕掛けだったのかもしれない。つまり、天井に吊る扇風機の原型みたいなものだ。だが、うまく風が起こせなかったらしく、この風板の話はこれきりで消えている。それで、風板という新季語は幻の季語になってしまった。

この風板の例のように、病床六尺の世界ではさまざまな工夫が試みられていた。障子にガラスが入れられて、病床からガラス越しの外界が見えた。冬には石炭ストーブが据えられた。ガラス戸もストーブも、まだ一般の家にはない最新の家具であり暖房器具であった。病床六尺の世界はとてもモダンだった。

病床の位置を変へたる暖炉かな
ストーブにほとりして置く福寿草
暖炉焚くや玻璃窓外の風の松

ストーブとガラス窓の登場する一九〇一年のこれらの句は、子規のモダンな暮らしが可能にした新しい風景だ。「病床の」の句は、暖炉を据えることになって病床の位置が動いたことを詠んでいる。部屋の主役が暖炉、という感じだ。ストーブのそばで福寿草はことのほかふくよかに咲いている。暖炉を焚いて暖かくなった部屋からは、湯気で曇ったガラス窓越しに松が風に揺れている。松がとても寒そう。これらの俳句は秀作ではないが、暖炉やガラス窓のある生活の魅力を感じさせる。その生活を作者が楽しんでいるのだ。自分の死後を想像したあの糸瓜の句にしても、ガラス戸越しに見える糸瓜棚の風景を楽しんだものだった。

病気の日々

子規は一八八九（明治二二）年五月に喀血した。啼《な》いて血を吐くホトトギスという成語にちなみ、その折から彼は子規と名乗るようになった。子規とはホトトギスの異名である。喀血をもたらした肺結核は、当時は不治の病だった。それで彼は余命十年を覚悟したが、まだベースボールも旅行もできる状態だった。それでも、何かと生き急ぐ感じになっていた。大学を中退して新聞記者になったのも、好きなことに没頭したいという思うからだったし、記者として日清戦争に従軍したのも、そこに何よりも意義を覚えたからだった。だが、従軍は心身の酷使を招いた。帰路の船上でまたも喀血した子規は、担架に乗せられて神戸に上陸、そのまま入院した。随筆「病」（一八九九年）で、その入院までの経過にふれた子規は、「これが自分の病気のそもく／＼の発端である。」と書いている。

子規の自覚では、病気の日々はこのとき、すなわち一八九五年夏に始まった。子規は危篤を脱し、須磨、松山で療養、その年の晩秋に東京へ戻る。松山では夏目漱石と同居し、漱石を巻き込んで俳句三昧の日々が続いた。子規の俳句原論ともいうべき「俳諧大要」も松山で起筆した。子規は俳句に一気に集中したのだった。松山からの帰路、彼は秋の奈良に寄り、あの柿の句を詠んだ。

柿食へば鐘が鳴るなり法隆寺

法隆寺のコピーのようになっている超有名句だ。大の柿好きだった子規は、柿と奈良を取り合わせた秀句がないことに気づき、では自分が作ろう、としてこの句を得たのであった。この句、今では子規の代表句と言ってもよいが、子規生前にはさほど人気の句ではなかった。碧梧桐は、この句はいつもの子規調ではない、と言い、「柿食ふて居れば鐘鳴る法隆寺」となぜしなかったのであろうか、と述べている。雑誌「ホトトギス」一九〇二年七月発行号に載せた「獺祭書屋俳句帖抄上巻」における発言だが、子規はこの発言を受けて、もっともの説である、と言い、しかしそれではやや「句法が弱くなるかと思ふ」(『病床六尺』八月三〇日)と応じている。

子規は奈良で、「柿落ちて犬吠ゆる奈良の横町かな」「渋柿や古寺多き奈良の町」のような句を作った。平易な表現のこれらが碧梧桐の言う子規調だろう。これらの句に比べると、「柿食へば鐘が鳴る」という表現は、風吹けば桶屋が儲かるというくらいに跳んだ、飛躍した表現だ。その飛躍した意外性に富む表現(子規の言う強い句法)が、結果としてこの句を名句にした。

余談へそれかけたが、奈良を旅しているとき、子規は腰の痛みを覚えていた。東京に戻った翌年、子規は「松羅玉液」「俳句問答」などを新聞「日本」に連載、精力的に活動するが、腰がますます痛くなっており、寝たきりの日が多くなってきた。病気は結核菌が脊椎を腐らせるカリエスだと判明した。一八九七(明治三〇）年に入ると「明治二十九年の俳句界」を「日本」に連載、自分を中心とする新派の俳句の成果を確信的に世間に示した。「俳人蕪村」を連載、芭蕉に並ぶ俳人として蕪村を高く評価したのもこの年であった。

以後、病気は日々に進行する。それでも一九〇〇年までは年に何度か人力車で外出できたが、一九〇一年以降の最後の二年間はまさに病床六尺の日々になった。

一八九七年になると子規は短歌の活動に力を入れる。また、東京で発行されるようになった「ホトトギス」誌上では写生文に傾注した。子規の俳句の主要な仕事、いわゆる俳句革新は、まだ足腰の立つ間になされたのだった。

写生の楽しみ

『墨汁一滴』『仰臥漫録』『病床六尺』。晩年二年間の子規の日々はこれらに生き生きと描かれている。「生き生きと」という形容は、死の近い病人にはそぐわなそいかもしれない。でも、彼は最後まで生き生きとしていた。生き生きとできたその理由は、病床六尺の狭い世界を外へ開いていたから。ガラス戸はその外へ開いた象徴だが、風板を設置した碧梧桐、暖炉を据えた伊藤左千夫などが、入れ替わり立ち代わり子規の枕元へやってきた。句会、歌会が子規を囲んで行われ、蕪村句集や万葉集の輪講もあった。子規はいつも人々と共に活動した。

彼の俳句の作り方も、不断に自分を開くものであった。その自分を開く方法が写生であった。評論「叙事文」（一九〇〇年）によると、写生の要点は「実際の有《あり》のまゝを写す」ことだが、同時に「読者をして己と同様に面白く」感じさせることであった。写生には常に読者（他者）が意識されていた。だから、単に「実際の有のまゝを写す」だけではいけなかった。それだけでは作者の独断というか勝手に終わる。では、どうするか。見たものを取捨選択するのである。その取捨選択の俳句的技法が取り合わせであった。その取り合わせがことに冴えたのがあの「糸瓜咲て」や「柿くへば」の句であった。

私は当年、七十二歳である。子規の倍以上も生きているが、今の私は、宇宙とつながる子規がことに好きである。

草花を描く日課や秋に入る

これは一九〇二年、すなわち最後の年の句だが、この年の子規はことに絵に傾斜していた。草花の写生を実際に日課にして画帖「草花帖」を完成させている。『病床六尺』（八月六日）に子規は書いた。

「或《ある》絵具と或絵具とを合せて草花を画《か》く、それでもまだ思ふやうな色が出ないと又他の絵具をなすつてみる。同じ赤い色でも少しづゝの色の違ひで趣きが違つて来る。いろ〳〵に工夫して少しくすんだ赤とか、少し黄色味を帯びた赤とかいふものを出すのが写生の一つの楽みである。神様が草花を染める時も矢張こんなに工夫して楽しんで居るのであろうか。」

病床六尺の世界が草花を染める宇宙の神々とつながっている。病床六尺は広大な宇宙の一隅なのだ。ちなみに、絵具を言葉に置き換えると、言葉で写生している現場が現れる。宇宙につながった俳句の現場だ。

一目ぼれする子規

正岡子規は一目ぼれの人だった。それは気が多いという、興味旺盛な子規のいかにも彼らしい傾向だった。旅先で一目ぼれすることが多かったが、きれいな一目ぼれ、わくわくする一目ぼれ、そして滑稽な一目ぼれの三例を紹介しよう。

まずその一のきれいな一目ぼれは「梅の精霊」との出会い。明治二十八年十月下旬、奈良を訪ねた子規は東大寺のそばの旅宿で柿を食べた。随筆「くだもの」はその場面を次のように描いている。

下女は余の為に包丁を取て柿をむいでくれる様子である。余は柿も食ひたいのであるが併し暫しの間は柿をむいでゐる女のややうつむいてゐる顔にほれぼれと見とれていた。此女は年は十六七位で、色は雪の如く白くて、目鼻立まで申分のない様に出来てをる。生れは何処かと聞くと、月が瀬の者だといふので余は梅の精霊でもあるまいかと思ふた。やがて柿はむけた。余は其を食ふてゐると彼は更に他の柿をむいでいる。柿も旨い、場所もいい。余はうつとりとしてゐるとボーンといふ釣鐘の音が一つ聞こえた。彼女は、オヤ初夜が鳴るといふて尚柿をむきつづけてゐる。

「くだもの」のこのくだりは、子規の数多い文章のなかの最美の場面だ。宿の下女（お手伝いさん）が口にした「初夜が鳴る」は、午後八時ごろの夜のお勤めの鐘が鳴ることらしい。子規は先の随筆で「余には此初夜といふのが非常に珍しく面白かつたのである」と書いているが、彼はその言葉を聞いたとき、新婚の初夜を連想して、思わずどきりとしたのではないか。もしかしたら、梅の精霊を前にして顔を赤くしたかもしれない。

ちなみに、「くだもの」は明治三十四年四月発行の雑誌「ホトトギス」に載った。梅の精霊に出会って五年余り後の文章である。五年も前の出来事とは思えない生々しさ（リアリティ）があるが、かつての一目ぼれを描く文章力が冴えているのだろう。
子規には月が瀬を詠んだ漢詩三首がある。明治二十九年の作だが、その一つに「佳人」が登場する（書き下して引く）。詩人が病気になったのを知らないで訪れを待つ「佳人」、それは梅の精霊だろうが、彼女には柿をむいてくれたあのお手伝いさんの姿が重なっているのだろうか。

月ヶ瀬の梅花　画図に入る
多年　夢寐《むび》に　仙区を想へり
佳人は識《し》らず　詩人の疾
林下月明に　空しく吾を待つならん

次のわくわくする出会いの相手は「渡辺の御嬢さん」。彼女と会ったのは明治三十五年八月二〇日、鈴木芒生、伊東牛歩が連れてきた。子規は一目見て動悸が打った。かねてからうすうすは聞いていたのだが、品がよく、気が利いて、愛嬌のある顔をしており、自分の理想に近い女性だった。以上、『病床六尺』に書かれているのだが、読み進めてゆくと、実はこのお嬢さんは「南岳草花画巻」、すなわち渡辺南岳という江戸時代の画家の画集であることが明かされる。見事な落ちのついた話なのだが、一目ぼれの昂揚感がよく出ている。このような昂揚感が楽しくて、子規は何度も一目ぼれをしたのかもしれない。

次には滑稽な一目ぼれ。子規の一目ぼれとしては別に滑稽ではないのだが、それを受け止めた読者の側がなんとも滑稽なのだ。なんと子規の一目ぼれを碑にした人々がいるのである。

明治三十二年七月発行の「ホトトギス」に子規が今西鶴の名で書いた「旅」が出ている。旅先での女との出会いを西鶴風、すなわち戯文として書いているのだが、その末尾で「木曽川の停車場」で汽車を待っていたときに出会った「丸顔に眼涼しく色黒き」十六ばかりの女が出てくる。一目で魅かれるが、汽車が来たから急げと、彼女は荷物を持ってくれて誘導する。その「無邪気な顔どうしても今に忘れず。大方三人の子はあるべし。」がその文章の結びだ。その彼女を探し当てた人がいて、平成六年、木曽川駅そばの公園に「見染塚」が建てられた。インターネット上に写真がいく枚も出ているが、木曽川町教育委員会の解説がついた立派な碑だ。

手元に市橋鐸の『子規見染塚夢物語』（昭和五十五年）がある。九十八ページの非売品の冊子だが、郷土史家によって大正時代から始まった見染塚建碑の歴史がまとめられている。著者には東海地方の俳諧史、郷土史などにかかわる著作が多いが、この本の出た時点ではまだ碑はなかった。ともあれ、子規見染塚の歴史は長い。なんだか笑ってしまう話だが、私は近くその見染塚を訪ねたい。子規は興味の旺盛な人であり、その旺盛な興味が一目ぼれとして現れていた。子規の見染塚を撫でると私の見染める能力が高まるかも。

移り気な子規

子規は興味というか関心が、次々に移る人だった。その移り気な子規に私は魅せられている。

今、俳人・子規のイメージが強すぎるのではないか。子規は漢詩、俳句、新体詩、小説、短歌、写生文、写生画と、その短い生涯にいろんなことに挑んだ。成功したというか、すぐれた作品を残し、後代にまで影響を与えたのは、俳句、短歌、写生文であり、この三つが子規の主要な文学的事業であった、と言ってよいだろう。だが、俳人・子規のイメージがとても強い。たとえば松山市の子規記念博物館の展示はあきらかに俳人・子規に傾斜している。松山は温泉と俳句の町をキャッチフレーズにしており、松山の俳句の中心に子規がいるのだから、まあ無理はないかもしれない。

だが、俳句の仕事に匹敵する短歌と写生文の活動を子規はしている。それらを脇に置いて俳人・子規ばかりが話題になるのはまずいだろう。

明治三十一年以降、すなわち病床六尺の生活を強いられるようになった子規は、新聞「日本」を中心にして短歌の革新を試みたし、ほぼ同時に雑誌「ホトトギス」において写生文の創出を試みた。俳句にかかわる仕事はその時点でほぼ成し遂げた感じであった。

獺祭書屋俳話　明治二十五年
芭蕉雑談　明治二十六年
俳諧大要　明治二十八年
俳句問答　明治二十九年
明治二十九年の俳句界　明治三十年
俳人蕪村　明治三十年

俳句にかかわる主要な評論を並べたが、これで分かるように明治三十年で彼は

主な仕事を果たしている。実作のうえでも

柿くへば鐘が鳴るなり法隆寺
春風にこぼれて赤し歯磨粉
フランスの一輪ざしや冬の薔薇

などをすでに作っていた。高浜虚子は自分の編んだ岩波文庫『子規句集』において明治三十二年までの句を主に選んでいるが、その判断は、晩年の子規は「俳句のことに専《もっぱ》らなる遑《いとま》がなかつた」(「子規居士の古い句を読む」昭和三年)からだという。子規が俳句に専らでなかったのはその通りだろう。短歌と写生文に力を注いでいたのだから。

歌よみに与ふる書　明治三十一年
百中十首　明治三十一年
小園の記　明治三十一年

吾幼時の美感　明治三十一年
万葉集巻十六　明治三十二年
雲の日記　明治三十二年
飯待つ間　明治三十二年
叙事文　明治三十三年

明治三十年代の「ホトトギス」を開くとあきらかだが、そのころの「ホトトギス」は写生文にもっとも力を入れていた。もちろん、俳句も載っているし、子規たちが蕪村句集を輪読した「蕪村句集講義」の連載があるが、俳句において何か新しい試みが実践されているようには見えない。

「我に二十坪の小園あり。」と始まる写生文「小園の記」は、病気がひどくなって足が立たず、外出ができなくなってからは「小園は余が天地にして草花は余が唯一の詩料となりぬ」と続く。そして庭に生えている草花を図入りで紹介する。文末には「ごてごてと草花植ゑし小庭かな」の句が置かれている。子規たちの写生文の特色は、普通の人が自分の暮らしを書いたところにある。別の言い方をすれば、俳句を作っていた普通の人々、たとえば学生、小学校の教師、商人、農民などがそれぞれの暮らしを散文で表現しはじめたのだ。今、それらの写生文を読むと、抜群に魅力的で現在もなお読むに耐えるのは子規のものである。なぜ子規の文章だけが魅力的なのか。評論「叙事文」の言い方に従うと、「読者をして己と同様に面白く感ぜしめん」とする意識が内容にも文体にも行き渡っているからではないだろうか。

短歌については私の愛唱歌をあげておこう。

今やかの三つのベースに人満ちてそぞろに胸のうちさわぐかな
冬ごもる病の床のガラス戸の曇りぬぐへば足袋干せる見ゆ

明治三十四年になると子規はいわゆる重病人になる。まさに寝たきりの病床六尺の暮らしになるのだが、その暮らしの中で新しい試みに彼は挑む。日々の記録を短く書くこと、そして写生画を描くこと。

墨汁一滴　　　　　明治三十四年
仰臥漫録　　　　　明治三十四年
菓物帖、草花帖　　明治三十五年
病床六尺　　　　　明治三十五年

日々の短い記録は「墨汁一滴」として始まった。この墨汁一滴は新聞に連載した記事のタイトルだが、同時に文章のスタイル（形式）でもあった。つまり、筆に一度墨をふくませて、それだけでかく二十行くらいの文章、それが墨汁一滴だった。翌年、彼はこの形式で「病床六尺」を書き、それは死の寸前まで続く。ちなみに、「病床六尺」は現在の通用字体ではなく「病牀六尺」と表記されることがもっぱらだ。子規全集や岩波文庫の表記もそれだが、「病床六尺」でいいのではないか。今の字体を用いながら牀だけは通用字体を用いないのは、子規的合理主義に反するだろう。子規は合理の人だった。

墨汁一滴の日記を書きながら、この時期、子規はせっせと写生画を描いた。彼の関心は絵に大きく傾斜していた。俳句、短歌、写生文よりも絵の方に魅かれていたように見える。子規最後の年の彼の病室はまるでアトリエだった。たくさんの絵に彼は囲まれていた。

以上のように子規は一点集中というか、一つのことにひたすら打ちこむタイプではなかった。その子規を俳人・子規としてだけとらえるのはとても変だ。次々と移る表現者、それが子規なのである。

次々に移る軽さ、それが子規の活動を軽快にしている。身動きのままならない重病人でありながら、彼は日々とても生き生きとしていた。そのような子規に、七十代の読者の私は魅せられている。子規はなんとも新しいのである。

水彩画家・子規

最晩年、正岡子規は水彩画家であった。もちろん、俳句、短歌を詠み、口述筆記に頼りながら文章を発表したが、彼が一番熱中したのは絵を描くことだった。彼が「僕に絵が画けるなら俳句なんかやめてしまふ。」と述べたのは明治三十三年三月、「画」というエッセーにおいてだったが、この発言の後、彼は主力を絵に注いだ。だから、俳句や短歌の数はぐっと減っている。

エッセー「画」によると、洋画家の中村不折に絵の具をもらったのは明治三十二年の夏、棚にしまっていたその絵の具を取り出して秋海棠を描いたのは秋のころだった。その絵は画家の浅井忠や不折がほめてくれた。ある時、子規は自分の左手で柿を握っているところを苦辛して写生し、ちょっと得意な気分で高浜虚子に見せた。虚子はしきりに眺めていたが何を描いたか分からないようす。子規が説明すると、馬の肛門かと思って見ていた、と応じた。

このようにして始まった子規の写生画だったが、最後の年、すなわち明治三十五年は、もっぱら絵に熱中した。六月から八月までは「菓物帖《くだもの》」、八月には「草花帖」を描きあげ、九月には他界した。彼が絵を描くようすは、この年に新聞「日本」に連載した日記的エッセー「病床六尺」で自ら何度も書いているが、彼の六畳の病室はまるで画室（アトリエ）であった。

壁には元気なころの旅の道具だった蓑と笠が掛かっていたが、それに並んで向島・百花園の晩秋を描いた水彩画、雪の林の水彩画、そして酔桃館蔵澤の竹を描いた墨絵があった。蔵澤は子規の故郷・松山の画家だ。そのほかにラマ教の曼荼羅があり、大津絵が襖に貼られていた。ちなみに、頭の上には河豚提灯が吊るしてあった。子規は頭の上に木綿の綱を垂らしており、そばに誰もいないときはその綱を握って体を動かしていた。河豚提灯はその綱に結び付けていたのかもしれない。知人が江の島から送ってくれたものだが、来る人がみな豚の膀胱かと間違へるのもおもしろい、と子規は書いている。以上の物のほかに花菖蒲、蠅取撫子が隣の座敷の床の間に活けてある。ロベリヤ、松葉菊などを植え込んだ盆栽も床の間に置いている。病室と座敷は襖を開けると一つの空間になる。病室にはガラス戸越しに日が入るが、そのガラス戸の外の庭には百合、美人草（ひなげし）、銭葵、バラなどが咲いている。

子規は蒲団の上に仰臥し、ほぼ仰臥のまま、飲食、執筆、読書、談話、排泄などの一切をしている。絵も枕に頭をつけたままで描いた。絵筆を動かすよりも、紙を貼った画板を多く動かして描いた。枕元には硯、筆、絵の具、寒暖計、置時計、汚物入れなどが散らかっていた。絵本や雑誌なども数十冊が散らかっていた。絵本とは広重や光琳、抱一などの画集だ。

たくさんの物に囲まれているが、実は、頭がくしゃくしゃして、ついには煩悶が破裂するのが毎日の例になっていた。絶叫し、号泣し、またまた絶叫するのだ。モルヒネを服用すると、しばらくその煩悶から解放された。そのときである。彼が枕元の画集を楽しみ、せっせと草花などを写生したのは。では、写生する子規の至福のさまともいうべき場面を「病床六尺」から引こう。

○或る絵具と或る絵具とを合せて草花を画く、それでもまだ思ふやうな色が出ないとまた他の絵具をなすつてみる。同じ赤い色でも少しづつの色の違ひで趣が違つて来る。いろいろに工夫して少しくすんだ赤とか、少し黄色味を帯びた赤とかいふものを出すのが写生の一つの楽しみである。神様が草花を染める時もやはりこんなに工夫して楽しんで居るのであらうか。（八月九日）

楽しそうではないか。死に瀕している重病人であることを子規自身がすっかり忘れている感じだ。最晩年の子規は以上のような水彩画家であった。同時に、画家を論じ美術界の動向を議論した美術評論家でもあった。

『子規写生画』（昭和五十年）の解説で、美術史家の土方定一は、「一言でいえば、生きているのである。」と子規の絵を評した。折しも今年は子規の生誕百五十年である。悲惨な病室をアトリエに変えた水彩画家・子規、私としてはその画家の絵をじっくりと見直したい。そして、工夫して楽しむ子規を身近に感じたい。

わたしの十句

白バラの白からやってきたか、君

小学生のとき、豚を売りに行く父について県都へ行った。値段の交渉に行ったのだが、その家のまわりに赤いバラが咲いていた。バラの垣だった。バラというとなぜかその松山の家を思い出す。この句を含めて句集『ヤツとオレ』（角川書店）の句を取り上げる。この句集には「ばらの名はマチルダ君は山田さん」もある。

たっぷりもどっぷりもカバ夏のカバ

カバに興味を持つようになったのは小学生時代、カバヤ文庫が機縁だった。そのことは『おまけの名作』に書いているし、カバについては『カバに会う――日本全国河馬めぐり』を出している。コロナウイルスが終息したら日本中のカバをもう一度見てまわろうと思っている。〈老人とカバ〉って絵になりそうな気がする。俳句入りの絵本にするといいかも。

足音はエイハブ船長夏がゆく

やはり小学生時代、私は船長になりたかった。当時、荷物を運ぶ渡海船《とかいせん》という小さな貨物船が活躍していた。その渡海船の船長になって家族と一緒に航海したいと思っていた。エイハブはもちろん小説「白鯨」に出てくる船長だ。長じて私は、このエイハブや「老人と海」の老漁夫にあこがれるようになった。

熊楠はすてきにくどい雲は秋

南方熊楠や柳田国男という民俗学者に興味を持った。熊楠のいた和歌山県の田辺、国男のいた兵庫県福崎へなんども行った。二人に共通するのは度を超した〈くどさ〉だろう。二人はそのくどさ（執着）に閉じこもるのではなく、くどさを自分の外へ開いている。正岡子規などにも共通するその姿勢がすてきだ。

カバの目の漆黒が澄む水が澄む

カバは目がきれいだ。小さく、丸く、そして漆黒。巨体に似合わない可憐な目、と言ってよい。

私は、俳句は片言の詩、と見なしてきた。片言だから、それを受け取った人（読者）が補完して作品が出来上がる。要するに、あなた任せだ。その粗雑さ、儚さに耐える表現者が俳人かも、と思っている。

軍艦はきらいおでんの豆腐好き

豆腐だけではない。じゃがいも、厚揚げ、大根、ごぼう天なども好きだが、軍艦に並ぶというか匹敵するのは豆腐かもしれないと考えてこの句が出来た。といっても、瞬間的に出来ているので、考えたという言い方にはやや語弊がある。私の俳句はほとんどが瞬間的に出来ている。考える暇がないほどに。あっ、そうだ。出来る瞬間まではかなり苦しむ。七転八倒する。

文旦のサクサク感がいいな、今朝

七転八倒の末に、瞬間的に、たとえばこの句が出来た。句集『ヤツとオレ』の作品は、口語（日常の言葉）で成り立っている。この句など、その典型といっていいかも。文語を使わない。俳句的表現のや、かな、けりなどを使わない。それだけの禁止条項を掲げて私は俳句を作っている。ほぼ孤立した作り方だが、もうしばらくこの孤立の場を楽しみたい。

びわ食べて君とつるりんしたいなあ

自信作はたいていよくない。ことに俳句の自信作は、片言を作者が補完していることがしばしば。つまり、一人よがり（独善）に陥っているのだ。この句、私の自信作である。独善に落ちているだろうが、ひそかに唱えて快感を覚えている。えっ！　いやらしい、って。そうかも。

尼さんが五人一本ずつバナナ

信州からの帰途、木曽谷を走る列車の中でこの句の光景を目にした。きれいな尼さんたちが乗り込んできて、一人が鞄からバナナを出して皆に配った。その光景を句にしたが、「一本ずつバナナ」が清潔になまめかしい？　この言い方、やはり独善に近いか。そういえば、小学生のころ、父がバナナを納戸に隠していた。新聞紙にくるんだそのバナナを見つけて一本食べた。食べられたことが父に分かっていたはずだが、父は何も言わなかった。

君寄りの気分柿などころがして

私は当年七十六歳。つい近年まで、自分がこの年齢になるとは考えていなかった。ともあれ、たっぷりと老人である。

でも、感情の端々には小学生の自分や三十歳の自分がいる。感情は複雑だ。もちろん、ハグしたいような君もいる。その君は女性に限らない。柿やカバ、あんパンだって時に君である。これ、すなわち多様な君の存在を感じるのは、老人の特権であろうか。

あとがき

　この『早寝早起き』の出来るころ、私が長くかかわった俳句グループ「船団の会」の活動が完結、二三〇名近い会員は散在する。散在とは「あちらこちらに散らばってあること」（『広辞苑』）。もちろん、私も散在する一人だが、散在して、さて、どうするだろうか。

　今のところ、どうするか分からない。俳句からきれいさっぱり足を洗うかもしれないし、またぞろ何かを始めるかもしれない。はっきりしているのは、いやなことは極力しないこと。駄目なものは駄目とはっきり言うこと（逆にいいものはいい、とほめあげる）。そして、可能な限り言葉について考えること。以上のような老人になりたいが、まわりの人たちにとってはやや扱いにくい、いやな老人かもしれない。でも、いいや、と開き直っているのが私の現在である。

この本に集めた俳句とエッセーはごく近年のもの。俳句関係の雑誌や日本経済新聞などに載せたものであり、最後の「わたしの十句」だけを新しく書いた。最後になったが、創風社出版の大早友章さん、大早直美さんに感謝する。出版は若い日の私の夢の一つだった。二人の仕事ぶりにちょっとあこがれている。

坪内 稔典（つぼうち ねんてん）
1944年 愛媛県の佐田岬半島生まれ。
著書に『ヒマ道楽』『ねんてん先生の文学のある日々』
『坪内稔典百句』ほか。

現住所
〒562-0033 大阪府箕面市今宮3-6-17
メール　sendan575@gmail.com

俳句とエッセー　早寝早起き

2020年7月20日発行　定価＊本体1400円＋税
著　者　　坪内　稔典
発行者　　大早　友章
発行所　　創風社出版
〒791-8068 愛媛県松山市みどりヶ丘9－8
TEL.089-953-3153 FAX.089-953-3103
振替 01630-7-14660 http://www.soufusha.jp/
印刷　㈱松栄印刷所　　製本　㈱永木製本

 ISBN 978-4-86037-292-7